Índice

W0221720

Los cuadernos *Mejora tu expresión escrita* de SM para la etapa de Primaria tienen como finalidad guiar a los alumnos en el proceso de aprender a escribir textos.

Al finalizar cada cuaderno, el alumno habrá escrito diferentes tipos de textos, sin olvidar el repaso de reglas ortográficas y el uso de signos de puntuación, así como el aprendizaje de nuevas palabras para enriquecer sus textos.

¿Cuál es el método?

Cada cuaderno se divide en seis fichas, organizadas en torno a un tema, cuyo objetivo es producir algunos de los textos más frecuentes del curso.

En cada ficha, el alumno resuelve actividades de escritura libre junto con otras de escritura más pautada, y lo hace recorriendo siempre las mismas fases.

1.º Uso bien las palabras

Actividades para aprender palabras y expresiones, repasar reglas ortográficas y signos de puntuación.

2.º Trabajo con los textos

Actividades para organizar el discurso y practicar la estructura de diversos tipos de texto.

3.º Escribo

Tarea final con trucos, basados en técnicas de escritura, para escribir un texto paso a paso.

¿Cómo es cada ficha de escritura?

1.º Uso bien las palabras

Cómic que presenta a un **personaje célebre** de la historia o de la literatura vinculado con el tema de la ficha.

Actividades de **ampliación de vocabulario**: definiciones, procedimientos de formación de palabras, sinónimos y antónimos...

2.º Trabajo con los textos

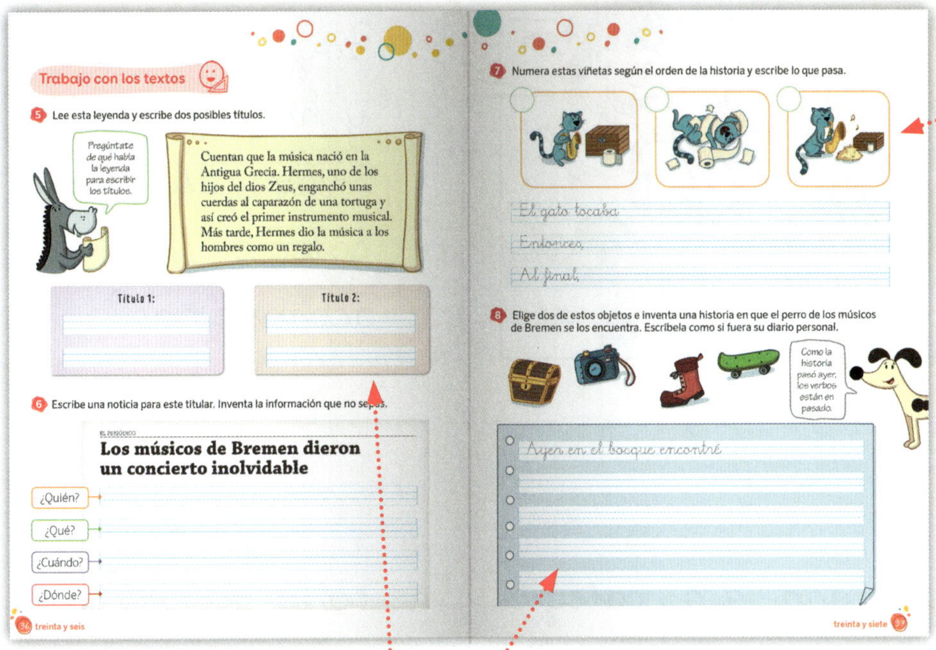

Organización de las partes de una secuencia o texto.

El personaje protagonista apoya la **prevención de dificultades** y ofrece consejos de escritura.

Progresiva dificultad en la escritura de textos: se parte de oraciones para pasar a párrafos hasta llegar a textos breves.

3.º Escribo

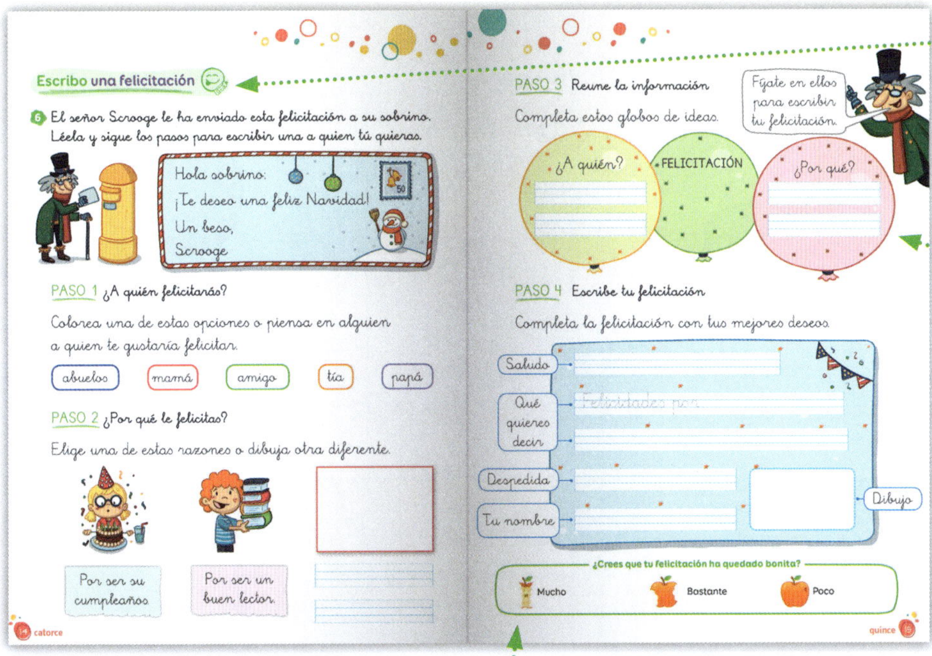

Tarea final en la que se recuperan las destrezas lingüísticas practicadas en páginas anteriores.

Esta tarea incluye una **técnica de escritura** para generar ideas y planificar el texto antes de escribir.

Con pautas y ejemplos.

Una **autoevaluación** sobre la tarea que fomenta la opinión y el autoaprendizaje.

1 ¡Vamos al cole!

Uso bien las palabras

1 Pinocho se ha aseado para ir al colegio. Une cada acción con su objeto y escribe oraciones que expliquen para qué sirven.

lavarse los dientes	enjabonarse	peinarse	secarse

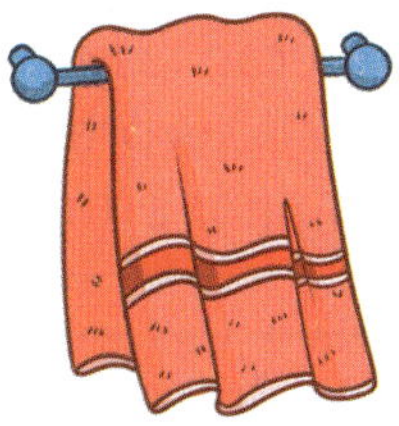
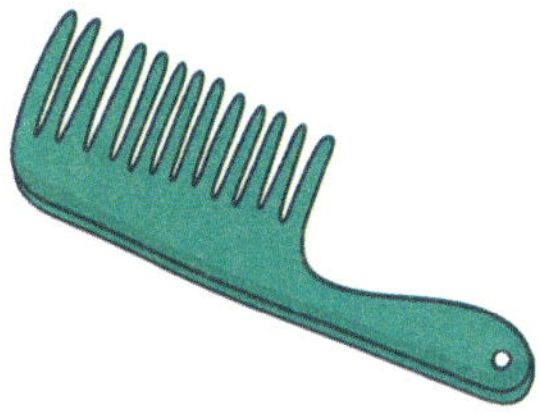

El cepillo sirve para lavarse los dientes.

2 ¿Qué lleva Pinocho al colegio? Escribe.

El

La

Los

Las

3 Escribe debajo de cada viñeta lo que hace la niña.

presentarse	despedirse	saludar

4 Ordena las palabras para escribir una norma de la clase.

cuida	de clase	el material

Trabajo con los textos

5 ¿Qué letras ha aprendido ya Pinocho? Fíjate en las palabras destacadas y completa.

crucecita | botón | trazado | tú | vueltecita

Piensa en una ____________

y habrás acertado:

con solo dos rayitas

la t habrás ____________.

Esta letra es sencillita:

tiene forma de ____________.

Dale tú la vu____________

y ponle encima un botón.

Primero, pinta una u.

Hacia abajo, una rayita.

Medio lazo me haces ____________

y quedaré tan bonita.

6 Inventa el final de esta adivinanza y escribe la solución.

Con un trozo de madera,
un hombre me construyó.
Como era muy mentiroso,
la nariz se me alargó.
Pero el Hada Azul, un día,

____

¿Quién soy? ______________________

7 Completa la descripción y marca el dibujo.

En el prado hay un pino,
en el pino hay un nido,
en el nido, un pajarillo.
El pajarillo en el nido,

____

el pino en el prado.

☐ 

☐ 

Escribo una poesía

8 Pinocho ha inventado esta poesía imaginando su colegio bajo el mar. Léela y sigue los pasos para escribir una poesía sobre un colegio en la luna.

La escuela de la ballena,
de pececillos está llena.
El pulpo y el calamar
piden turno para hablar.

PASO 1 Piensa cómo es tu colegio

Rodea las personas que hay en tu clase.

PASO 2 ¿Qué personas hay en tu colegio lunar?

¿Extraterrestres? ¿Astronautas? Descríbelos.

Los alumnos son marcianos y son verdes.

El es

y tiene

PASO 3 Busca las palabras adecuadas

Elige dos palabras de las que has usado en el paso 2 y añade dos más que acaben igual.

PASO 4 Escribe tu poesía sobre el colegio lunar

Coloca las palabras del paso 3 al final de cada línea.

¿Te ha parecido divertido escribir una poesía?

Mucho   Bastante   Poco

2 Comparte buenos deseos

Uso bien las palabras

1 Separa las palabras para saber qué dicen los niños, y escribe su nombre debajo.

PISTA 1	PISTA 2	PISTA 3
Teolleva chaqueta.	Luisllleva unjersey.	Hugono llevagorro.

2 ¿Qué relación tienen estas personas con el señor Scrooge? Lee y completa.

hermana — tío — sobrino — abuelos

El hijo del hermano del señor Scrooge es su ______________. La hija de sus padres es su ______________. Los padres del señor Scrooge son los ______________ de sus sobrinos. Y el hermano del señor Scrooge es el ______________ de los hijos de su hermana.

3 ¿Qué lleva puesto el señor Scrooge? Completa con un, una, unos, unas y añade una palabra más.

______________ guantes

______________ bufanda

______________ botas

______________ abrigo

Trabajo con los textos

4 Elige la etiqueta adecuada para cada regalo y cópiala.

5 El señor Scrooge ha recibido una postal y se han mezclado las partes. Numéralas y completa la información que falta.

( ) Bob Cratchit

( ) Un abrazo,

( ) Estamos en Dan, el pueblo de mi familia.
Nos divertimos jugando

( ) Querido señor Scrooge:

Escribo una felicitación

6 El señor Scrooge le ha enviado esta felicitación a su sobrino. Léela y sigue los pasos para escribir una a quien tú quieras.

PASO 1 ¿A quién felicitarás?

Colorea una de estas opciones o piensa en alguien a quien te gustaría felicitar.

abuelos | mamá | amigo | tía | papá

PASO 2 ¿Por qué le felicitas?

Elige una de estas razones o dibuja otra diferente.

Por ser su cumpleaños.

Por ser un buen lector.

PASO 3 Reúne la información

Fíjate en ellos para escribir tu felicitación.

Completa estos globos de ideas.

¿A quién?

FELICITACIÓN

¿Por qué?

PASO 4 Escribe tu felicitación

Completa la felicitación con tus mejores deseos.

Saludo

Qué quieres decir

Felicidades por

Despedida

Tu nombre

Dibujo

¿Crees que tu felicitación ha quedado bonita?

Mucho

Bastante

Poco

3 Amar el mar

Uso bien las palabras

1 ¿Con qué animales vive Moby Dick? Escribe los nombres de los animales que no deberían aparecer en el dibujo.

guepardo

2 Las ballenas como Moby Dick se comunican con sonidos parecidos a un canto. ¿Y estos animales? Escribe cada sonido donde corresponde.

¡Auuu! | ¡Oinc, oinc! | ¡Guau, guau! | ¡Quiquiriquí!

3 Cada grupo de animales tiene un nombre. Marca la palabra que corresponde a cada grupo. Después, elige dos y escribe una oración.

- [ ] banco
- [ ] enjambre

- [ ] manada
- [ ] bandada

- [ ] rebaño
- [ ] piara

- [ ] piara
- [ ] banco

Trabajo con los textos

4 Lee este cuento y escribe un título.

Título → ____________________

Había una vez una estrella de mar muy curiosa y soñadora. Cada noche se ponía triste porque quería ser una de las estrellas que iluminan el cielo.

Una noche se encontró con el reflejo de la luna y se lo contó.

—¿Pero cómo? —le dijo la luna—. ¿No sabes el secreto para subir al cielo? Solo tienes que querer brillar con todas tus fuerzas.

Entonces, la estrella de mar deseó brillar con muchas ganas, y empezó a subir más y más hasta que, por fin, llegó al cielo. Ahora es muy feliz y cada noche aprende cosas nuevas de todos los lugares que ve desde allí.

5 ¿Qué significa este refrán? Marca el dibujo adecuado.

Quien tiene un amigo tiene un tesoro.

☐ 

☐ 

6 Fíjate en lo que ocurre y escribe un final para la historia.

Escribo una fábula

7 Lee la fábula favorita de Moby Dick y sigue los pasos para escribir una.

Los gallos y el águila

Un día, dos gallos discutían por mandar en el gallinero donde vivían.

El gallo perdedor se retiró y se escondió. El vencedor, en cambio, se subió a lo alto de un poste y se puso a presumir de su victoria cantando muy fuerte. Sus cantos llamaron la atención de un águila, que llegó volando y se lo llevó muy lejos.

Desde entonces, el gallo que había perdido la discusión es quien manda en el gallinero.

Moraleja: No hay que ser presumido.

PASO 1 Ordena las viñetas

Las viñetas de esta fábula se han mezclado y están alborotadas. Numéralas y sabrás lo que ocurre.

PASO 2 Elije la moraleja

¿Qué enseña esta fábula? Marca.

- ☐ Debemos ser constantes para conseguir lo que queremos.
- ☐ Debemos aprender a compartir nuestras cosas con los demás.

PASO 3 Escribe tu fábula

Fíjate en las viñetas del paso 1 y completa la fábula.

Título: ______________________

Historia: Había una vez una liebre que retó a una tortuga a echar una carrera.

____

____

____

La tortuga ganó porque la liebre se confió.

Moraleja: ______________________

____

¿Crees que tu fábula enseña una lección?

Mucho — Bastante — Poco

4 ¡Abracadabra!

Uso bien las palabras

1 ¿Qué objetos mágicos tiene Glinda en casa? Repasa y escribe.

Glinda tiene una bola de cristal

2 ¿Qué comen Glinda y el Hombre de Hojalata? Fíjate en el dibujo y copia el texto cambiando las palabras destacadas para que sean correctas.

Ella come unas **perotas** y él come una **naranjita**.

3 Completa con za, zo, zu, ce o ci los nombres de los alimentos que más le gustan a Glinda. Después, elige dos y escribe una oración.

___mo man___na ___ruelas

nue___s ma___rca de maíz

4 Escribe una pregunta para esta respuesta.

Trabajo con los textos

5 Completa la lista de los alimentos que tiene que comprar Glinda.

Lista de la compra

- leche
- miel
- ______
- ______
- ______

6 Inventa los ingredientes de este menú mágico y escribe un nombre para cada plato.

PRIMER PLATO: ______

______

______

SEGUNDO PLATO: ______

______

______

7 Fíjate en los dibujos y completa estas instrucciones para hacer un organizador de lápices.

ORGANIZADOR DE LÁPICES

MATERIAL

- Tubos de cartón
- ______________
- Caja de cartón
- Tijeras
- Pegamento
- Pinturas

PASO 1

______________ los tubos de cartón para que tengan alturas diferentes.

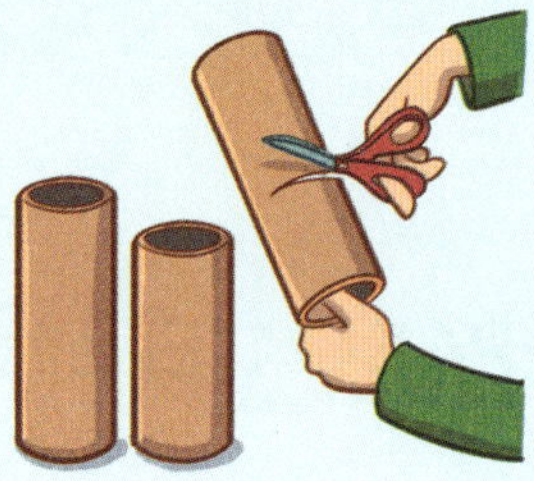

PASO 2

Pinta ______________________________

______________ de forma divertida.

PASO 3 ______________________________

____

____

____

Escribo una receta

8 Lee esta receta de Glinda y sigue los pasos para escribir otra.

ZUMO DE KIWI Y ESPINACA PARA PONERTE VERDE

INGREDIENTES:

- 4 hojas de espinacas
- 1 kiwi
- 2 hojas de menta
- 1 vaso de agua

PASO 1: Pela y trocea el kiwi.

PASO 2: Pica las espinacas en trozos muy pequeños.

PASO 3: Pon en un recipiente todos los ingredientes y bátelos juntos.

PASO 4: Sírvelo en un vaso y añade las hojas de menta.

PASO 1 Elije los ingredientes

Crea una receta de zumo como la de Glinda pero con otros ingredientes. Puedes elegir algunos de estos o inventarte otros. Haz una lista.

leche de uva | pétalo de amapola | lágrimas de dragón

estrella fugaz | polvo de hada | pelos de unicornio

-
-
-
-

PASO 2 Inventa un nombre para tu plato

Zumo de

PASO 3 Escribe los pasos de tu receta

Copia la receta de Glinda cambiando sus ingredientes por los que has elegido.

Paso 1:

¿Crees que es fácil seguir los pasos de tu receta?

Mucho

Bastante

Poco

5 Un mundo maravilloso

Uso bien las palabras

1 ¿Cómo te imaginas el País de las Maravillas? Marca las palabras que crees que explican cómo es, y escribe dos más. Después, dibújalo.

- ☐ oscuro
- ☐ verde
- ☐ soleado
- ☐ bonito
- ☐ florido
- ☐ lluvioso

2 Escribe una oración con dos palabras de la actividad 1 para explicar cómo es el País de las Maravillas.

3 ¿Cómo llega Alicia al País de las Maravillas? Cambia cada letra por la que aparece justo delante en el abecedario y completa.

QFSTJHVJFÑEP BM DPÑFKP CMBÑDP

Alicia llega al País de las

Maravillas

4 Completa lo que le responde Alicia al conejo blanco.

tendré | tenía | tengo

Ahora ______ seis años. El año

pasado ______ cinco y el año

que viene ______ siete.

5 Vuelve a escribir la nota cambiando las palabras destacadas por otras que signifiquen lo contrario. Rodea la botella que hace que te hagas más pequeño.

Para hacerte **grande**, bebe de la botella que hay **encima** de la mesa.

Para hacerte

Trabajo con los textos

6 Escribe debajo de cada viñeta el saludo adecuado.

¡Hola! ¿Qué tal estás? | Buenas tardes.

7 Fíjate en el pueblo donde vive Alicia y vuelve a escribir su descripción para que coincida con el dibujo.

El pueblo de Alicia es pequeñito. Las casas son muy altas y cada una tiene un color diferente.

A la derecha del pueblo hay un bosque frondoso, y al fondo se ve el mar.

8 Escribe un saludo y una despedida para la carta que la hermana de Alicia le ha enviado, y completa lo que le cuenta.

Te escribo desde Villarcoíris. Este lugar es sorprendente.

Charlotte

9 Lee lo que cuenta Alicia y vuelve a escribirlo como si se lo contara el conejo.

Estaba con mi hermana en el bosque y pasó corriendo un conejo blanco que no paraba de mirar su reloj. Entonces, se metió en su madriguera y yo le seguí. Creo que se dio cuenta…

El otro día llegaba tarde a una reunión y vi

Escribo una postal

10 Lee la postal que Alicia le ha escrito a su abuelo. Después, imagina que eres un pirata que ha llegado a una isla. Sigue los pasos para escribir una postal a tu mejor amigo.

Querido abuelo:

Estoy en el País de las Maravillas. Aquí siempre luce el sol y el paisaje es muy verde. Hay un pequeño río con peces. Y a la izquierda del río crecen setas de muchos colores diferentes.

Un beso muy grande,

Alicia

PASO 1 ¿Cómo es el lugar desde donde envías la postal?

Fíjate en la imagen y escribe cómo es el paisaje, qué hay, qué tiempo hace...

Puedes usar algunas de estas palabras.

soleado	azul
delante	al lado
verde	clara
detrás	cerca

PASO 2 Inventa el nombre del lugar

PASO 3 ¿Cómo saludarás? ¿Cómo te despedirás?

Escribe el saludo y la despedida que incluirás en tu postal.

Saludo →

Despedida →

PASO 4 Escribe tu postal

Saludo

Dónde estás

Cómo es

Despedida

Tu nombre

¿Qué te ha parecido escribir una postal?

Rodea según tu opinión: Fácil Difícil

6 ¡Qué animales, estos músicos!

Uso bien las palabras

1 El gato ha ido al mercado en uno de sus viajes. Fíjate en lo que lleva en la cesta y completa la oración con lo que ha comprado.

Hoy en el mercado, el gato ha comprado un

cucurucho,

2 Escribe lo que más te gusta comer a ti.

3 Estos animales tienen muchos amigos músicos. Fíjate en la imagen y completa.

El cerdo toca la trompeta. Es trompetista.

El conejo toca el violín. Es

La ardilla toca la flauta. Es

El mono toca el piano. Es

4 ¿Qué significa la expresión soltar un gallo? Observa su significado en la imagen y escribe una oración.

Trabajo con los textos

5 Lee esta leyenda y escribe dos posibles títulos.

Cuentan que la música nació en la Antigua Grecia. Hermes, uno de los hijos del dios Zeus, enganchó unas cuerdas al caparazón de una tortuga y así creó el primer instrumento musical. Más tarde, Hermes dio la música a los hombres como un regalo.

Título 1:

Título 2:

6 Escribe una noticia para este titular. Inventa la información que no sepas.

EL PERIÓDICO

Los músicos de Bremen dieron un concierto inolvidable

¿Quién? →

¿Qué? →

¿Cuándo? →

¿Dónde? →

7 Numera estas viñetas según el orden de la historia y escribe lo que pasa.

El gato tocaba

Entonces,

Al final,

8 Elige dos de estos objetos e inventa una historia en que el perro de los músicos de Bremen se los encuentra. Escríbela como si fuera su diario personal.

Ayer en el bosque encontré

Escribo un cuento

9 A los músicos de Bremen les encantan los cuentos, pero de este solo tienen el principio. Escribe el resto del cuento para que sepan qué ocurre.

Éranse una vez dos hermanos que siempre paseaban por el parque. Un día vieron algo sorprendente…

PASO 1 ¿Qué vieron?

Elige uno de estos personajes fantásticos o escribe otro.

☐ 

☐ 

☐ 

☐ ______

PASO 2 ¿Qué hicieron?

Elige una de estas opciones o inventa otra.

☐ Se lo llevan a casa y se queda a vivir con ellos.

☐ Le ayudan a regresar a su mundo.

☐ Viajan con él a su mundo y viven muchas aventuras.

☐ ______

PASO 3 Escribe tu cuento

Escribe el cuento entero de los dos hermanos y ponle un título.

Título

¿Cómo empieza?

Éranse una vez

¿Qué pasa después?

Colorín colorado, este cuento se ha acabado.

¿Cómo termina?

En los cuentos se usan los verbos en pasado.

¿Estás contento con tu cuento?

Mucho

Bastante

Poco

El cuaderno **Mejora tu expresión escrita** para **1.º de Primaria** forma parte del Proyecto Editorial de Educación Primaria de SM. En su realización ha participado el siguiente equipo:

Autoría
Meritxell Martí

Edición
Mercè Tortajada / I més. Servicios Editoriales, Carmen Álvarez

Corrección
Felipe Contreras

Ilustración
Sara Mateos Orejana

Fotografía
ThinkStock; ARCHIVO SM

Edición gráfica
Juan Baraja

Diseño de cubierta e interiores
Estudio SM

Coordinación editorial
Gema Blanco

Dirección de Arte del proyecto
Mario Dequel

Dirección editorial
Aída Moya

Cualquier forma de reproducción, distribución, comunicación pública o transformación de esta obra solo puede ser realizada con la autorización de sus titulares, salvo excepción prevista por la ley. Diríjase a CEDRO (Centro Español de Derechos Reprográficos, www.cedro.org) si necesita fotocopiar o escanear algún fragmento de esta obra.

© SM
ISBN: 978-84-675-9245-0
Deposito legal: M-625-2017
Impreso en la UE / *Printed in EU*